어느 화가의 사랑

어느 화가의 사랑

시와정신사

시인의 말

꿈은 목마르고
희망은 희미해질 때
당신의 열정을 그릇에 담는다

겨울 폭설 이겨낸 보리처럼
생명의 뿌리 되어
그대 곁을 따뜻하게 지키리

절망의 그림자 있는 곳에
반드시,
생명의 태양은 뜬다

2025년 봄

에스더 한

차 례

____ 제3부 기억과 눈물

_____ 제1부
열정과 기다림

열정

꿈은 목마르고
희망은 희미해질 때

당신의 열정을 그릇에 담는다

한 걸음

멈추지 마라
겁내지 마라

한 걸음에
흥해는
열린다

까만 백화

백합 향기
칙칙할 때

꺾지 않고

하얀 내음
진동할 때까지

그 꽃자리 그대로 비워 두고
기다림을 감춘다

등불

등불 하나
폭풍우 몰아치고
천둥 번쩍거려

휘청거리고
일어서는

파란 불꽃

바다를 등대처럼 지킨다

마음

비꼬인 마음
꼬불꼬불 협곡 한 길 가며

돌 같은 마음
치이며 거친 길 간다

간사한 마음
아슬아슬 위험한 길 가며

온유한 마음
땅을 정복하여
많은 것을 기업으로 얻는다

물 사이 바위

바위 양 옆 흐르는
친구 같은 두 강줄기

파도에 부딪치고
부서지며
헤어진다

이간질하는 돌은
물 속에 잠기고

두 강줄기
그리운 사람처럼
바다에서 해후한다

* 주제: 친구를 질투하거나 이간하지 마라

하루

운동하지 말고
오늘 하루 쉬자

지구 끝은
숨 멈추는 그 순간
마음 저울추를
바로 세우자

하루 쉼은
사랑을 저장한
그대 품 같다

일상생활

설거지를 할 때
영혼의 더러움을 씻는 것처럼

방바닥을 치울 때
낮아짐을 연습하는 것처럼

음식을 만들 때는
영혼의 음식을 만드는 것처럼

일할 때는
주님의 동산을 가꾸는 것처럼

사람을 만날 때는
그 안에 거하는 그리스도를 만나는 것처럼

하루를 사는 것은 미래를 위한 투자다

세상 등선

등선 오르며
좁은 골짜기 내려가고
올라가는
협착한 등선 모퉁이 돌아
눈에 흐르는 땀

허덕이며
정상에 도착

저 멀리 나는 새
처량하게 먹을 양식 찾는다

높이 오름은 낮아짐의 연습이다

기쁨과 슬픔

기쁨은 짧고
슬픔은 길다

무슨 일을 하든
기쁘게 임하라

누구를 만나든
주께 하듯 하라
용서하라
그러하면
너도 깨끗하게 된다

순결한 마음은
기쁨도 흠모한다

꿈은 하늘 위에

하늘 위 것은
때가 되면 볼 수 있어요

땅에 속한 것은
잡히지 않네요

연필

가냘픈 몸매로
뽑아내는 힘은

자유를 만들고
사람 살리며

희생은 스며들고

연필은 내 몸처럼
생명력 있어

아픈 마음 고친다

비 한 방울에도 꽃은 핀다

돌 바위 틈 사이로
얼굴 내민 노란 꽃

빗물 속에
어둠을 뚫고
핀 생명의 노래

이웃 길잡이 되며
희망을 자라게 한다

절망

절망의 그림자 있는 곳에
반드시
생명의 태양은 뜬다

말 못해요

들키지 않으려 그림자
돌담에 숨고

심장 소리 안 들리게
꼭
움켜쥐며

숨소리 삼키며
구름 위를 걷는다

차가운 그대 등 뒤에
말 못해요

___ 제2부
꿈과 사랑

벌판

겨울 폭설 이겨낸 보리처럼
생명의 뿌리 되어
그대 곁을 따듯하게 지키리

지금

지연된 사랑은 사랑 아니고
침묵하는 사랑은 날개가 있다

항상

사람 사는 모습
주님 그 안에 계신다

일어나도
잠자도

어두워도
밝아도

주님 늘
길 밝히신다

"하늘에서 온 편지"

– 2024년 3월 15일 오후 7시
　고 홍경자 사모님 천국 환송 예배

천국 천사 호위 속에
살포시 밟은 본향
주님께서 맞아 주신다

작은 일에 충성한 내 딸 홍영자!
주님께서 품어 안아 주신다
어느덧 내 머리에는 생명의 면류관 쓰였고

주님의 눈가에는 내가 보인다
너는 내가 목말랐을 때 마실 것을 주었다
배고팠을 때는 먹을 것을 주었고
내가 아플 때에 병문안을 왔다

태어나기 전부터
내 딸 홍영자를 지명해서
불렀고 사랑했다

　사랑하는 내 딸 홍영자로 말미암아 늘 기쁘시고 행복하
다 말씀하신다

공부도 잘해 하나님 아버지께 많은 영광을 돌렸고
아주 작은 자를 신실하게 사랑했고

전도의 여왕이며
네 웃는 그 모습에 지역 사회는 그리스도 빛으로
생명을 얻었다

지상에 남은 가족에게 천대의 복을 내릴 것이다

딸아!
손에 손을 잡고 예루살렘의 거룩한 평원을 걷자

My way

계곡의 아침
시냇물 흐르는 소리는
사랑의 곡조처럼 들리고

땅을 밟는 사람
찢어진 꿈
하늘 위로 날리며

그 발걸음은
시냇물 음률을 지휘한다

가시 눈물

가시는 눈물 흘린다

남을 찌른 것은
더 아픈 내 통증이다

나그네의 하루

어둡고
얕은
늪에서
빠져나온 후

마음 빛 가득한
하얀 거리

서글픈 꽃잎 목말라 꿈틀거린다

살아 있음은
하늘이 지붕이다

느낌

님의 숨소리

보이지 않아도
옆에 있고
따듯하다

한 걸음에
묻어나는 내음
안 보여도
진동한다

사랑은 느낌으로 본다

막힌 가슴

막힌 내 가슴에
그리움 넘칠 때

고요한 그대에게

함께 심은
복숭아 꽃 향기 보낸다

모정

한 시간 길을 달려
아들 집 앞에서
전화하는 여인

깊은 시간 얼떨결에
집 앞에서
엄마 선물을 받는다

안녕이라는 인사도 없이
뒤돌아 집으로 들어가는 아들 등은
엄마의 우주다

부르지 않아도
엄마는 갈 곳이 있는 아들이 있다

배신

통증은
앞길에 꽃을 피게 하는
거름

찢어도
찢기지 않는
그대

사랑을 업고 걷는다

슬픔 미소

성숙한 슬픔은
미소가 아름답다

하나 될 수 없어
뒤척이다 외로움에 잠든다

꿈에서라도 동서가 손잡고
줄넘기 하는 마음

슬픔은 질투한다

시작과 끝

시작된 사랑은
마음 강줄기에
흐르고

끝난 사랑은 모퉁이에
갇혀 있는
조약돌처럼

강줄기 틈사이로 굴러다닌다

신비한 손길

암담한 현실일지라도 사랑하라
꿈은 그 패배감과 손잡고
파라다이스를 만들며

아픔을 외면 말고
치료로 받아들여

어두운 마음
빛으로 승화시켜

신비한 손길
환경을 디딤돌 삼아

보름달 뜬 거룩한 도성을
세운다

* 메모: 명절에 외로운 영혼들에게

아픈 강

사랑보다
아픈 망각

침묵은
망각보다
더 아픈 강이다

안경

창 넘어 차들
아들 얼굴처럼 보인다

남의 아들 얼굴도
내 아들처럼 보인다

엄마 마음은 안경이다

어느 화가의 사랑

공원에서
그대 처음 보았을 때

나를 좋아하는 줄 알았어요

그대가 많은 사람들 사이로 걸어갈 때
난 그림자 잡고 행복했어요

그대 결혼하는 날

심장에 박힌 가시는 녹아
내 몸 속에 흐르고 있어요

그대여 행복하세요
나는 눈물 위에 그림을 그리겠어요

어린양

지구를 짊어지고 가는
신의 아들

가시 찔려
쩔뚝 쩔뚝

창에 피 흘리고
가죽 띠 맞아 살 터지며
물 쏟아지고

거꾸러져도
십자가 끌고 간다

하늘을 향해 말 못하는
세상 엄마 심장은
땅에 떨어지고

우리 영혼 찬란하게 비춰온다

쭉정이에게도
생명 빛
비춰

우주를 파랗게
생명의 동산 만든다

일어나자
빛을 발하자

천국이
그리스도 나라가

여기에 있도다

우주

은하수는 손뼉 치는 것처럼 웃는다

바람 불어 서로서로 기댄다
넘어지려면 받쳐 주며

별들은 서로를 밝히며
한 별 희미하여
다른 별 살며시 비춰 주고

서로서로 기댈 때
별은 빛난다

착각

수평선 넘어 가족이 살고 있는 줄 알았다

없는 것을 깨닫고

갯벌에서
바다를 보니

기러기는
바다와 입맞춤하며

햇살에
고개 든 금빛 모래밭 위

뛰놀며 날개 편 어린이들
동화 세계를 그린다

충성

아프게 하거나
손해 보게 하거나
모함하는 것 아니며

신뢰하며
위로해 주고
용기 주는 것

충성이다

큰 복

그대 눈망울에
그리스도 꽃 피었어요

마음 밭에
성령 열매 가득하네요

복음 외치세요

많은 자들
천국 열매 먹고

배부르고

행복합니다

만남

내 꿈 높아
만날 수 없다면

내가 낮아지리
모자이크 빛줄기에
꿈을 주렁주렁 엮어

그대 가슴에 묶어
함께 푸른 창공 날으리
독수리처럼

반역

하늘을 바라보며
공포에 떨고 있는 사람
보호해 주세요

약한 자를 약탈자로부터 막아 주세요
악한 자로부터 선한 백성 구해 주세요

의에 주리고 목마른 자들
생수를 주세요

선이 꽃필 수 있도록
악한 뿌리 뽑아 주세요

저녁비

지금 사막에는
성령의 단비가 내립니다
맘에 죄들을 씻고
거리들도 깨끗게 청소하며
초목들에게는 생수가 됩니다

그러나 고통스러운 것은
거처 없는 나그네가
추울 것 같습니다

맘도 서러울 것 같네요

평화의 왕 주님이여
어서 오십시오!

___ 제3부
기억과 눈물

화살

과녁 벗어난 화살
다시 돌아오지 않는다

I remember you!

런던 거리 거닐 때
윌리엄 워즈워스 무지개
어린이는 어른의 아버지라는 의미를
깨닫고

여름 같은 파란 내 인생을 지날 때도
나는 기억하며

하얀 눈 쌓인 노년 겨울 지날 때
나는 기억하고

어린아이처럼 순수한 마음을
스스로 챙긴다

St. Petersburg city

소설 같은 도시
생 피에로 버그여
우크라이나 전쟁 중에 그대는 어때요

70년 동안 어둠에 갇힌 그대
핏방울 흔적 남기고

철의 장막 상흔들
잊지 않고 있음을

기억해요
밤에도 빛나던 그대를

교회 종소리

건물 끝 양옆
교회 종소리
어린 시절 듣던 그 음률

사막에
전율처럼 퍼진다

돌아갈 수 없는
공간 속에

곡조는 생명처럼 흐르고
친구는 없고
종소리는 그 자리에 있다

구슬

진주 구슬 실 사이로
흐르는
그대의 정감
이대로 멈추기를

미련을 버리게 해 줘요
그냥 그대로 가세요

진주의 눈물은 마르지 않네요

깨끗기를 원한다

하늘 우러러보니
죄와 허물만 보인다

밤바람 사이로
용서하지 못한
양심 흘러내린다

달빛에
구겨진 우정은 몸을 감추고

별들 행진에
넘어진
허점들

별 그림자에
숨어서라도
깨끗기를 원하노라

나의 눈물

눈물에 파인 손등
웃음에도 물 고이고

땅 내려 봐도
눈물 솟아올라
우물 판다

산 등선 내려가도
물 흐르고

하늘 위
생명수 흐른다

인생은 바다를
항해하는 마도로스

돛단배

삶이란
돛단배처럼

예수 그리스도 강을
건너는 것

이 강엔
순결과
선과

진실 흐르는
생명의 물이다

멈춘 이별

강물 소리
흐름 따라 들여오는
이별 없이 떠난 마지막 눈물

반세기 지나
해 뜨지 않아도

파도에 멍들은 물 밑에
이별은 지금도 처음처럼 흐른다

* 메모: 떠남은 사랑 아니라 기억이다.

숨어있는 젊음

멀리 떠나 온 유년 시절
우물에 가득 채우고

이것은 동화처럼
세상에 꿈을 키우는 거울

이때 난 유년기 친구들을 그리며
세월 흔적 생각하고
잊고 있었던 내 젊은 꿈 찾아내며
슬퍼한다

아름다움이여

우크라이나 전쟁은 영화처럼 끝나고
지구는 화색하고
구름은 춤춘다

나의 기쁨 나의 아름다움이여
피바다 땅에 무화과 심고
폭격 받은 그곳에 집 짓고 교회 짓고 학교 짓고
열매는 이 땅에 없는 가족을 기억하며
함께 먹어요

나의 님 나의 생명이여
손잡고 걸어요
배나무꽃은 향기를 내뿜고
봄은 지나고 여름 소낙비로
라일락 향기 가득하네요

나무 꽃 가지에서 꿀 먹는 새야
네 평화의 얼굴은
우리의 거울이다

장미 꽃송이

송이 송이 꿈
모여
꽃다발
사람들 행복하다

송이 송이
시들어
쓸쓸하다

피고
지는 것

인생 찬가 아닌가

저수지

별들 눈물
가득 채운 저수지

고향 떠난 배를
적신다

저수지 끝을 향해
돌아오라고
눈물 흔드는 엄마들

* 메모: 세월호의 비극은 지금도 흐른다.

초가을

성령 열매들
보석처럼 빛나는

초가을 오후

여름 남기고 간
그 끝자리
오렌지 웃는다

사과들도
오손도손 빛나고

포도나무는 아직도 여름인
내 안에 있다

친구와 작별

아 영원한 만남 다시 있다지만
친구와 이별은

서글프고
핏방울 녹아내는 통증

인생의 고뇌다

평생 친구 하나를 얻은 자는
성공한 자라 한다

마음의 흐름을
함께 공유할 수 있다면

세상을 정복한 것이다

테너 가수의 노래

노래는 비처럼 내려
우정의 꽃 핀다

보이지 않는 몸짓은
친구 영혼의 그윽한
음률

소리는
꿈의 나라를 찌르며

우정이란 밀물 같아
가만히 있어도

썰물 되어

친구의 노래 바다가 된다

명절에

그 거실에서
적적해

창 밖 바람 소리
친구 삼아
10000개 촛불을 켠다

명절의 온기를 느끼려고

불공정

3월 날씨는 아프다

금은 녹슬고
쇠사슬은 발을 묶고

보편 가치는
내 손가락처럼 애처롭다

빗소리

빗소리 엄마 자장가처럼
들리는

고요한 저녁 시간

운전하며
빗속을 지나고

들려오는 경종조차
사랑의 곡조로 들려온다

비는 마음을 적시며
잊힌

연민을 끄집어내는

비야 내려라

속절없이 집들은 불에 타고
재산은 불과 함께 사라지고

산들도 불길에 갇혔고
나무들 까맣게 죽고
산짐승들 불에 타며

산성은 잿더미로 내려앉고
재앙은 바람과 함께 불며

눈물로도 전소할 수 없는 성난 불길

손에 손잡고
돕는 손길들 기도로 애통하며

하늘은 불길에 묻혔고

빗속에서

빗방울 속에
투영된 그대 마지막 모습

수십 년 지났건만
어제 일 같고

추위 피해
숨어 있어도

마음은 그 꽃에 그대로 있다

산불

사람의 한계가
처절하게 느껴지는 아침이다

산불로 말미암아
순식간에 집들은 날아가며

가족을 잃고
허망하게
갈 길을 모른다

지금 비가 내려
불을 전소시켜

평안한 가운데

애수

눈밭에 하얀 새 난다
누굴 찾는지
여기저기 살피며

흘린 눈물은
추위를 얼게 하고

님 잃은 새
높이 난다

더 멀리 찾아보려고

운명의 잔해

운명의 뒤안길에
숨어 있던
불길 같은 악마

머리카락 날리며
때를 만난 듯
네로 불길처럼
타오른다

겨울 있기에
봄이 가까이 오는 것처럼

운명의 잔해 속에

사랑 꽃 만발하리라

생수가 되는 친구

친구란 필요할 때
옆에 있어주는 것

친구라도
멀리 있으면
향기 없는 조각이다

태양 눈물

태양 눈물은
바다에 눈처럼 쌓이고

파도는
눈물 그림자를 감싸 안으며

잠잠하다

___ 제4부
도시와 고향

귀국

그대 고국으로
돌아올 때

활주로는
금빛으로 빛나고

그대 걷는 걸음은
세상 불을 밝히며

새벽 되니
온 우주에 백화 만발하다

런던의 버스

카페 창문 넘어 보이는 이층 버스
빌딩이 걷는 것 같다

안전하고
편안하고
저렴하고

자유 실은 시민의 발이다

로마는 숨쉬고

베드로 무덤 있는 곳
그 위에 교회는 지어지고

신의 백성들 그곳에서 참배하며
삶의 기쁨을 고취한다

한 사람 참 고백 위에
많은 사람들 거룩 되며

한 사람 거짓 때문에
많은 사람들 불더미 속에
들어간다

교회는 세계를 품은 엄마

모스크바의 아침

모스크바 붉은 강물은
태양을 향해 은빛을 발하며

우거진 숲 두 손 높이 들고
하늘을 찬양했다

자유 행진곡
나팔 소리와 함께

모스크바 하늘에
금비 내리다

비행기

라이트 형제가 비행기 띄운 날
세상 사람들
하늘을 육지처럼 달리며

밍크 옷 입은 여인
부모님 뵙고픈 맘에 하늘을
새처럼 난다

부모님 사랑 화살은
비행기보다
더 빠르게 딸의 맘에 꽂힌다

쓸쓸함

회오리바람 불어
낙엽들
구덩이로 던져지고

손에 손 비비며
정 나누려 하나

바람에
뿔뿔이 헤어진다

끌려 다니는
고향 잃은 낙엽들

눈 얼음에 덮인
그해 겨울 따듯한 아침을
기억한다

옥스퍼드의 거리

캠퍼스로 걷는
젊음의 향연

지식은 하늘을 찌르고
우정은 대나무처럼 자란다

꿈보다 아픔이 더 큰 젊은 날의 초상
빨리 늙고 싶은 충동

인생을 걷는 층계이다

파리 하늘

에펠탑 그늘 밑에
걷고 있는 남과 녀

곡조 같은 속삭임에
춤추는 무희 같다

노부모 미소는
파리 하늘에
그늘을 만든다

하나님의 도시(City of GOD)

도시를 들어설 때 묻는다
주님 여기 계세요
그렇다 대답하신다

라스베가스에서 묻는다
나 여기 있다 말씀하신다

할리우드에서도
나 여기 있어 하신다

뉴욕에서도
난 춥지 않다 말씀하신다

어디를 가든
주께서 항상 나보다
먼저 가 계신다

굴러가는 낙엽 혼자 아니다

간격

건물은 하늘에 치솟고
내 마음은 땅에 주저앉는다

이 무력감 버리고
벌판으로 떠나자

오아시스 만들고
길 평탄케 하여

생수 흐르는 곳에
집 짓고
기타 치며
찬양하고

빈 껍데기 맘에
하늘 궁전 만들자

안개 성

추억을 되새기며
내일의 꿈 키우는
노신사

안개성에 갇히고
딛는 발자국마다
허공에 찍힌다

하늘 향해 두 손 벌려
외쳐

비바람 부니 안개성은
무너지고

노신사 눈물 흘린 곳에
평화의 문 열리다

탈선

군인은 국민을 적군으로 간주하며
언론 소리도 억압되고
출판 자유도 공기 속에 묻히고
노래 검열 받으며
영화는 어둠 속에 갇히고
친구와 대화도
허공 속에 헤매고

비판적인 말하면
어쩜 그 다음엔 만날 수 없고

밤에는 통행 금지되며
축제의 본질을 점검받으며
해외여행도 자유롭지 않고

그 목적은 한 개인의 욕구 충족을 위해
온 백성 호흡은 피를 마르게 한다

낮에 나온 반달

밤에는
별 속에 숨었고

낮에는
태양 속에 감추고

반달은
반쪽 남은 내 마음 같다

6월의 낙엽

정오 빛 출렁이는
6가 거리

집 없고 굶주린 그 남자
여름 파란 잎이
기세 잃은
가을 낙엽 같다

생명 있음은
굶주린 꿈의 움츠림

젖은 햇살
어깨를 떨군다

연극

영혼 없는 AI
부인 역할 호흡까지
맞추며
영광의 상도 받고

쏟아지는 갈채
느끼지 못하지만

손짓으로 화답하고
수군거리는 북소리
느낌 몰라도

AI 손짓은
진실보다
더 진실되게
흔든다

진실 없는 공허함은 무대에 흐른다

가족사진

아름다운 수채화 같은 사진

사막 더위에 찌들며
뜨거운 바람에
머리카락 흐트러지고

먼지에 푹 절인 가족 얼굴

철 지나고
생명 끝나도

명작으로 남는다

기독교문학에 대하여

최선호

기독교문학이란 하나님의 구원 사역에 참여하는 인간의 문학적 소산을 말한다. 은혜를 받거나 성령님을 모시는 일은 순간적으로 성취될 수 있지만, 문학은 순식간에 이루어질 수 있는 성질의 것이 아니다. 기독교문학도 기독교를 바탕으로 그만한 환경과 그만한 역사와 또 그만한 생활에서 절절히 우러남으로써 형성되는 문학적 결정이다. 기독교의 유일무이한 문학적 결정은 하나님께서 인간을 통해 주신 『성경』이다.

그러므로 기독교문학의 창달이란 성경을 성경대로 확산시키는 일이다. 성경을 성경대로 전하지 못하고 인본적 사고를 가미하거나 가변적 자세로 대하게 된다면, 기독교문학의 창달은 고사하고 하나님과 인간 사이에 맺어진 사랑의 축마저 허무는 결과가 될 뿐이다.

"기독교에는 위대한 성경이 있으므로 성경으로 만족하면 되지 그 외에 또 무엇이 필요하냐?"고 말할 사람도 없지는 않겠지만, 성경 중심의 기독교문학은 그 수와 양을 더해갈수록 하나님께는 영광이요, 인간 모두에게는 커다란 복이라고 생각한다.

성경은 하나님 말씀이다. 이 말씀을 인간들로 하여금 정확무오하게 수용할 수 있도록 정서적으로 승화된 문학작품이 바로 기독교문학이다. 기독교문학의 창달이야말로 민족복음화를 위한 지름길인 동시에 인류 자손만대에 믿음의 고리를 이어주는 삶의 젖줄이 되는 것이다.

이렇게 하자면 먼저 성경을 바로 알고 바로 전할 수 있는 능력과 은사를 구해야 한다. 말씀이 육신이 되어 세상에 오신 예수 그리스도를 본받아 성경 말씀을 문학구조물로 정서화하여 사람들 마음속에 들어 앉혀야 한다. 말씀을 통한 인간의 감동이 하나님의 감동하심을 닮아야 하고 불후의 명작, 그 이상의 감동을 갖도록 창작되어야 한다. 이 일은 하나님을 향해 사는 모든 사람들이 앞장설 사명인 동시에 특히 교회와 기독교기관에서 모든 분야에 걸쳐 연구 개척해야 할 중대한 과제이다. 지금 시작한다 해도 먼 후일에나 빛을 보게 될 일이겠지만 기독교문학의 창달이야말로 〈종교개혁〉에 못지 않은 신앙적 승화를 가져오게 될 것이다.

기독교문학의 주제

예술의 한 분야인 문학은 인간의 감동을 바탕으로 아름다움을 창조하여 인간을 정화시키는 언어예술이다. 넓은 의미의 문학은 문자로 표현된 모든 것뿐만 아니라 말로 표현된 것들까지를 들어 말할 수 있다. 그러나 일반적으로 문학이라면 좁은 의미의 문학, 즉 예술적 창조성을 갖는 문자언어의 표현—시, 소설, 희곡, 평론, 수필 등—을 두고 하는 말이다.

그런데 문학을 통한 개인적 욕구나 기호, 또는 시대적 지역적 요청에 따라 특수한 경향을 나타내는 경우도 있다. 예를 들면 경향문학처럼 일정한 목적이나 주의 주장을 하여 독자의 의지를 움직이려는 문학—해양문학, 농촌문학, 전쟁문학, 정치소설(문학) 등—이 이에 속한다. 이것들은 그 작품세계가 차지하는 시간 또는 장소에 따라 그런 방향으로 작품의 분위기를 이루기 때문에 붙여진 이름일 것이 분명하다. 그러나 기독교문학이라는 개념은 앞의 것들과 같은 계열에서 취급될 수 있는 개념과는 다르다. 해양문학, 농촌문학, 전쟁문학 등은 시간과 공간, 즉 그 작품의 주제와는 별 상관이 없이 붙여진 이름이지만 기독교문학은 시간, 공간의 특수성이나 제약성과는 아무런 상관이 없다. 다만 그 작품이 주는 감동의 미적 창조가 기독교적이면 되는 것이다. 기독교인이 쓴 작품이라 해서 반드시 기독교문학은 아니다. 비기독교인이 썼을지라도 기독교 정신이 나타나면 기독교문학이 될 수 있다.

독일의 문학 비평가인 Cult Gogoff 박사는 "Was ist Christliche Literature? 기독교문학이란 무엇인가?"란 저서를 통해 "문학에서 기독교적이라고 하는 것은 소재적이거나 주제적인 상태이지, 어떤 형식적인 원칙이 있는 것은 아니다"라고 했다. 물론 틀린 말은 아니다. 그러나 필자는 기독교문학은 주제적 상태만으로 기독교문학의 특징을 삼고 싶은 것이다. 소재적 상태라는 제한을 둘 필요가 없다고 보기 때문이다. 기독교 배경을 소재로 하지 않더라도 주제를 기독교적으로 지어낼 수 있기 때문이다. 그러므로 Hohoff 박사의 말 가운데 "소재적"이란 부분을 삭제했으면 보다 나은 이론이 성립되리라 생각한다.

기독교적 주제란 성경을 통해서 알 수 있는 하나님의 말씀이며, 하나님을 향한 인간의 믿음에서 비롯된다. 기독교문학이란 문학예술의 진실성으로 기독교의 본질적 이치와 신앙의 감동적 창조문학이라고 해야 옳을 것이다.

성경을 통한 하나님 말씀의 중심은 인간을 향하신 무조건적 사랑이다.

"하나님이 세상을 이처럼 사랑하사 독생자를 주셨으니 이는 저를 믿는 자마다 멸망치 않고 영생을 얻게 하려 하심이니라"(For God so loved the world that He gave His only begotten Son, that whoever believes in Him should not perish but have everlasting life. John 3:16, KJV)

이 말씀은 인간을 향하신 하나님의 지극하신 사랑(아가페)으로 믿음을 통한 인간 구원의 길을 열어 놓으신 말씀이다.

Hohoff 박사는 이토록 순수한 기독교 정신을 외면하고 기독교의 본질을 교리적으로만 추구하려 할 경우 그 방향을 바람직하지 못하다고 보았다. 교파나 교단에 따라서는 신앙 일변도나 광신적 본질에 사로잡혀 아전인수격이 될 우려도 없지 않다. 한편 학문적으로만 이해하려 할 경우, 기독교는 비합리적인 세계관이나 특수 이데올로기에 불과할 것이다. 기독교문학은 기독교 정신을 작품으로 승화하는 데 중점을 두어야 하고 인간 삶의 현장에 파고들어 그들로 하여금 구원의 반열에 오르도록 하며, 은혜, 기쁨, 평안, 위로, 회개, 소망을 안겨주어 인간을 변화시킬 수 있어야 한다고 주장하고 있다.

그렇다고 기독교문학이 인간을 구원할 수 있다고 생각해선 안 된다. 그것은 교만이다. 구원은 어디까지나 하나님의 경륜과 인간의 믿음에 달린 것이다. 문학이 인간을 구원하지는 못하지만 인간을 구원의 길목에까지 안내할 수 있는 것이 기독교문학이라면 지나친 말일까? 예술은 아름다움을 창조해서 감동을 통한 정화를 목적으로 하지만 인간을 구원하지는 못한다. 구원은 믿음을 통해 얻는 것이다. 문학이 종교의 차원을 감당하기는 불가능하나 기독교문학을 통해 징검다리처럼 믿음의 길로 안내하는 구실은 얼마든지 할 수 있다.

기독교문학의 불모지보다는 기독교문학이 찬란한 빛을 비취는 시대와 그 지역을 하나님은 더욱 사랑하신다.

기독교문학의 본질

Hohoff는 "기독교문학은 현대인의 종교적 충동을 자극하고, 서술할 수 있어야 할 것이다. 그뿐만 아니라 급진적 세계성과 절대적 신앙을 종합하기 위하여 복음을 뒷받침해 주며 바울과 요한과 그 후의 천여 년간 논쟁이 되어온 신학에 관해서 무어라고 표현할 수 없는 기독교 정신을 독자들이 받아들일 수 있도록 노력해야 할 것이다. 예수 그리스도에 대한 현대인의 사랑과 신앙은 기독교문학의 이런 노력에 달려 있다. 세속적인 세계관과 성서적 신앙이 서로 조화를 이루는 곳에, 그리고 신앙에 대한 모든 역사적 편견과 의식들을 벗어버리는 곳에 참된 기독교문학의 새로운 본질이 있을 것이다."라는 주장을 펼치고 있다.

하나님께서 감동하심을 인간을 통하여 기록하게 하신 성경 66권 가운데 특히 구약성서에 나타난 39권을 살펴보면 율법서로는 창세기, 출애굽기, 레위기, 민수기, 신명기의 5권을 들어 5경이라고 한다. 그러나 여호수아서를 포함하여 6서 또는 6경으로 보는 견해도 있지만 여호수아서는 사사기, 룻기, 사무엘상, 사무엘하, 열왕기상, 열왕기하,

에스라, 느헤미아, 에스더 등과 함께 역사서로 보는 견해
가 일반적이다. 문예서로는 욥기, 시편, 잠언, 전도서, 아가
서를 꼽는데 그중에 잠언과 전도서는 수필적 요소를 강하
게 풍기고 있다. 잠언은 문장이 재치가 있을 뿐 아니라 지
혜적 요소가 풍부하고, 전도서는 사색적 요소가 다분하다.
예언서로는 이사야, 예레미야, 예레미야애가, 에스겔, 다
니엘, 호세아, 요엘, 아모스, 오바댜, 요나, 미가, 나훔, 하
박국, 스바냐, 학개, 스가랴, 말라기 등을 친다.

성서에 나타난 시로는 시편, 아가, 예레미야를 들 수 있
는데 이 3책들은 각각 완전한 시집이라고 해도 과언이 아
니다. 출애굽기 15장에 이스라엘의 승리를 담은 미리암의
노래와 사사기 5장에 나타난 드보라의 노래는 산문 속에
끼어 있는 시편들이다. 욥기도 시작과 결말은 산문체로 되
어 있으나 중심부가 운문으로 되어 시적 요소를 나타내 보
인다. 러시아의 대문호 톨스토이는 "창세기(37:1~50:26)
에 나타난 요셉의 역사 기록이야말로 온전한 소설이다"라
고 했으며 독일의 시성 괴테는 "룻기는 가장 아름다운 목
가풍의 작품"이라고 하였다.

신약성경에 나타난 소설적 요소의 대표적인 예로는 '선
한 사마리아인의 비유'(눅10:25~37)와 '탕자의 비유'(눅
15:11~32) 등을 들 수 있다.

일반문학의 훌륭한 작품의 출현이 있다고 해도 그 작품
을 성서와 같은 위치에 놓을 수는 없다. 엄격히 말하면 성

113

서도 문학의 범주에 속하긴 하지만 성서는 하나님의 감동으로 이루어진 말씀이고, 인간 창작의 문학작품, 특히 기독교문학작품이라 할지라도 그것은 인간의 감동을 통해서 이루어졌다고 보아야 하기 때문이다. 단테의 신곡이나 밀턴의 실낙원, 또는 쿠오바디스, 레미제라블, 부활, 죄와 벌 등이 명작이라 해도 성서와 같은 위치에 놓을 수는 없다.

필자는 이에 대한 예를 막9:2~13, 마17:1~3, 눅9:28~36에서 들어 보이고자 한다. 예수께서 마지막으로 갈릴리를 떠나시기 조금 전, 죽으시기 약 4개월 전에 헬몬산에서 있으신 것으로 생각된다. 산상에서 변화하신 목적의 하나는 앞으로 고난의 날에 충격을 받지 않도록 그리스도의 신성을 제자들에게 확신시켜 주시려는 것이었다. 그러나 베드로는 예수의 신성을 미처 깨닫지 못하고 모세, 엘리아와 예수 그리스도가 함께 사실 것을 권했다. 그러나 그렇게 이루어지지 않았다. 주님은 신성이 있으셨으나 엘리아, 모세는 없었다. 성서와 일반문학과의 차이도 이와 마찬가지다. 그러므로 성경은 문학일지라도 어디까지나 성경이지 인간의 문학과 동일시해선 안 된다. 인간 문학의 바탕은 인간의 감동에서 온 것이라면 성경은 하나님의 감동으로 기록되었으므로 인간의 문학과 성경은 그 터가 완전히 다른 데 있다.

기독교문학은 어떻게 써야 하는가?

첫째로 재미가 있어야 한다. 재미라면 두 가지로 구분할 수 있다. 감동에서 오는 재미와 흥분에서 오는 재미가 그 것이다. 이 둘 중에 흥분에서 오는 재미가 아니라 감동에 서 재미가 오도록 해야 한다. 흥미 위주의 작품은 인간을 흥분시킬 수는 있으나 감동시키기는 어렵다. 흥분은 감동 과 다르므로 감동과 같이 인간을 정화시키지는 못한다. 그 러므로 문학, 특히 기독교문학은 감동적 재미를 느끼도록 창작되어야 한다.

둘째, 자연스러운 완성에 도달해야 한다. 기독교문학이 라 해서 억지로 뜯어 맞추는 식으로 부자연스럽게 목적에 도달하려는 태도를 보여서는 안 된다. 자연스러운 완성이 란 광고나 선전, 또는 무엇을 보이게 주장해서는 안 된다 는 말이다. 또한 인간의 의식세계에 목적을 두어서도 안 된다. 인간의 존재의식과 무의식 세계에서 하나님과의 관 계, 또는 아가페적 사랑 창조의 발견에 두어야 한다.

셋째, 기독교문학이 성서적이라는 오해로 어느 경우에 도 모방해서는 안 된다. 절대로 모방적 요소는 탈피해야 한다. 그렇게 하자면 무엇보다도 성경에 대한 바른 이해가 선행되어야 한다. 성경을 모르는 이는 기독문학인이 될 수 없거니와 또 되어서도 안 된다. 기독문학인은 성경의 핵심 을 알며 영적 생활을 하는 이라야 한다. 베드로가 주님으 로부터 천국열쇠까지 받은 수제자의 위치에 있었으나 주 님으로부터 '사단'이란 책망을 들었고, 주님을 모른다고 배신한 사실은 베드로 자신에게 성령이 없었기 때문이었 다. 그가 성령을 받은 후에는 절대로 가치관이나 신앙관의

혼란이 없었다.

기독교적인 글만 쓴다고 기독문학인이 아니라 믿음의 반열에서 인생과 하나님과의 관계에서 얻어지는 수많은 소재들을 하나님의 영광을 위해, 진리의 대변을 위해, 이단 퇴치를 위해, 영혼 구원을 위해 문학적으로 정서의 승화를 이루어 내야 한다. 기독교문학의 주제는 어디까지나 기독교(박애사상)적이어야 한다. 그렇지 못하면 오히려 역효과의 위험이 따르게 된다. Paul Tillich는 그의 기독교 예술론에서 모든 예술은 신의 문제, 인간존재의 문제에 궁극적인 관심사를 포용토록 권장하고 있다. 이와 마찬가지로 기독교 예술인들은 신과 인간과의 사이에 사랑의 연결고리를 이어야 한다. 그렇게 되었을 때 하나님의 영광을 드러내고 찬양하는 가장 좋은 무기가 예술임을 실감케 될 것이라 했다. 또한 Hazelton은 "우리가 쓰는 말은 찬양이 되어야 하고 문학의 복음에서 나타나는 죄, 용서, 회개, 사랑, 성령, 구원, 성삼위일체, 성만찬 등의 내용이 되어야 한다."고 했다. 프랑소아 모리악은 "나는 복음전파를 위해서 글을 쓴다. 인간이 지니는 모든 악과 어두움을 파헤치지만 그 어둠 속에 비치는 한 가닥 구원의 빛을 증명하기 위해 글을 쓴다"고 했다.

넷째, 기독교문학의 가치발현을 해야 한다.

문명의 이기가 토해내는 문화적 산물은 불철주야 홍수 사태를 면치 못하고 있다. 가령, 예술분야의 종합예술인 영화나 연극은 물론, 단일예술의 문학, 음악 미술, 무용, 조각, 공예, 건축 등 전반에 걸쳐 이들의 영향으로 인류는 흥건히 젖고 있다. 그에 따른 주제는 거의가 "사랑"이다. 시, 소설, 희곡, 평론, 수필 등은 말할 것도 없고 음악이나 미술 등에서도 사랑을 표방하고 있다. 라디오, TV, 각종 출판물에 실리는 내용까지도 이에서 벗어나지 못하고 있다. 마치 언제 그칠지 모르는 장마로 인해 일방적으로 당하기만 하는 홍수사태와 다를 바가 없다. 소나기를 동반한 장대비가 쏟아져 내를 이루고 강을 이루어 바다로 흘러간다. 이는 마치 문명의 이기로 촉발되는 사랑사태와 같다. 이와 같이 사랑을 표방한 문화적 산물은 많으나 그 속에서 진정한 사랑을 찾기란 홍수 속에서 마실 물을 찾는 상황과 다를 바 없다.

참사랑은 기독교정신에서 우러난다. 그러므로 세상에는 사랑의 사태가 폭포를 이루지만 정작 참사랑을 만나보기는 매우 어렵다.

진정한 사랑이 후미져 있는 현실의 비탈길에서 과연 인류는 진정한 사랑을 어떻게 만날 수 있을 것인가? 이토록 시급한 상황인데도 기독교예술은 일반예술에 비해 다양하지도 않고 심오하지도 않다는 그릇된 판단이 오늘을 병들게 하는 원인이라 지적할 수 있다. 모름지기 기독교예술은 일반예술의 뒷자리에 처져서는 안 된다. 오히려 기독교예술은 일반예술보다 우위에서 끊임없이 인간을 감동시켜 은혜의 세계로 안내하고 있음을 알아야 한다.

예를 들자면 한두 가지가 아니겠지만, 헨델의 메시아 중

〈할렐루야〉가 울려퍼질 때 청중들이 왜 자리에서 일어서는가? 이것은 기독교적 존귀성, 위대성, 거룩성과 장엄함이 사람들을 일으켜 세우는 것이다. 〈할렐루야〉 말고 다른 일반예술 그 어느 예술이 언제 누구를 어느 자리에서 일으켜 세웠던가? 〈할렐루야〉가 지니고 있는 문학성과 음악성은 일반예술이 따르지 못하는 신비, 오묘, 장엄, 거룩을 수반하고 있음을 알 수 있다. 진정한 은혜와 사랑에 인간을 감동시켜 주기 때문이다. 기독교예술이야말로 무한의 감동세계로 인간을 안내하는 위대하고 장엄한 힘을 가지고 있다.

다섯째, 기독교문학은 선교와 목회에 적극적인 봉사 도구가 되어야 한다. 이 세상에는 모질게도 수많은 죄악이 깔려 있다. 콘크리트처럼 굳어있는 죄성을 녹여내는 뜨거운 감동적 기록을 통해 하나님의 영광을 조명하고 찬양하여 세상을 아름답고 새롭게 해야 하겠다. 노발리스는 "시인은 영적 지도자의 사명을 져야 된다."고 했다. 이 직분은 문인만이 아니라 목회자들도 함께 져야 할 직분이다. 바꿔 말하면 목회자는 문인과 같은 심성을 지녀야 인간을 올바르게 이해하고 영적인 세계를 더욱 넓고 깊게 펼 수 있기 때문이다. 예수 그리스도는 가장 위대한 시인이다. 인간과 자연을 가장 자애로운 눈길로 바라보고 말씀하셨던 영적 시인이었기에 그분을 닮지 않으면 좋은 작품을 쓸 수가 없다.

문학을 사랑함은 인간을 사랑함이다. 글을 쓰는 일은 Logos와 대화하는 일이기도 하다. 문인은 이 시대와 새 세대의 지팡이이다. 그러므로 문인은 위대하다. 문인이 없는 세상은 생각만 해도 아찔하다. 삭막하다. 외롭고 적막하기 그지없다. 그러므로 문인은 문인다워야 하고, 글다운 글을 써야 한다. 더구나 기독교 문인들에게는 더욱 막중한 사명이 있다. 기독교 사상을 바탕으로 하는 우주관, 인생관을 가져야 이 사명에 접근할 수가 있기 때문이다.

세계는 바로 우리의 교구이다. 여기에 기독교문학이나 기독교 문화의 확산이야말로 세계 복음화의 지름길이다.

최선호(시인, 문학평론가)

시와정신해외시인선 13

어느 화가의 사랑
ⓒ에스더 한, 2025

초판 1쇄 | 2025년 5월 15일

지 은 이 | 에스더 한
펴 낸 곳 | 시와정신사
주   소 | (34445) 대전광역시 대덕구 대전로1019번길 28-7
전   화 | (042) 320-7845
전   송 | 0504-018-4024
홈페이지 | www.siwajeongsin.com
전자우편 | siwajeongsin@hanmail.net
공 급 처 | (주)북센 (031) 955-6777

ISBN 979-11-89282-77-6   03810

값 10,000원